句集

歩度

千田一路

角川書店

句集・歩度

目次

装丁●ベター・デイズ
装画●大久保裕文

句集

歩度

平成二十五年

ゴム長で行く二つ目の初句会

ハイヤーを待たせ夜明けの根深汁

編集総務の鳥毛正明君逝く　二句

彼岸への後ろ姿や帰り花

不意に君来さうな四温晴の午後

老いばかり混んで春立つ山の湯場

漁婦二人拾ひはだれ野越えのバス

事もなく過ぎし遅日の訃報かな

春の風邪喪ごころめきて旅半ば

磯波に雪しろ呑まれては青む

花菜漬母より祖母の香に立ちて

吹かれつつ一尺跳びに雀の子

潮目濃く凪ぎて行く鴨残る鴨

如月や海は古鏡の如くあり

忘れゐし人の名戻る蝶の昼

帰宅時に触れぬ遅日の置手紙

麗らかや荷風好みの下駄履いて

雛の間に幼姉妹の似し寝顔

釣銭で買ひ足す雛のもの二三

帰らうか春夕焼の褪せぬ間に

二歳児を差し上げ損ね月おぼろ

嫋やかに磯波笑ふ弥生尽

歩度速めゐて逃げ水に近づけず

沖果てしなく晴れ春の愁ひとは
小声にて振り向かせをり花吹雪

それとなく上下の座あり花筵

めくら判息かけて捺す花ぐもり

卓袱台に草餅一つ二人の夜

夫婦ややちぐはぐに老い花は葉に

生きざまは不器用で好し更衣

人知れず衣更して人混みへ

夏帽子あれこれ選びゐて買はず

反り合はぬ夫婦の刻をはたた神

青きまま昏れたる夏の海平ら
ミサイルの砕けし卯浪かも知れず

蛇跨ぐ児がゐて動かざる故郷

投票を決めかねてをり冷奴

父の日のステーキ大き過ぎないか

風鈴の機嫌不機嫌海暗む

漁火の密かに満ちて花火果つ

「鰻の日カラヤンよりも寅次郎　欣一」ありて

鰻の日めぐり師のこと寅のこと

未だ信じきれずに扇手半びらき
青葉木菟誰にも会はず暮れし日の

風うとく仏間ざかひの夏のれん

夏のれん時には妣の吐息めく

自分史は句業で足るか枇杷熟るる

電子辞書打ち損ねゐる我鬼忌かな

薔薇は赤いや白十人十色なる
夏帽を変へて一人の師に添へり

綾子忌の踏み込み床の白桔梗

秋扇閉ざすも疑心暗鬼なる

産土の森の窪みに盆の月

幼らとポストまで駆くうろこ雲

涼新た故郷はふと異郷めく

宿帳を俳号で記す千代女の忌

照り葉して鳥語絡まる瀬の早み

能舞台ほどの花野の師弟句碑

物の怪のやうな人影夜這星

うかうかと加へし齢とろろ汁

秋刀魚燻らす春夫の男めき

冬立つや海は昨日の色もちて

日溜りに犬猫睦む親鸞忌

沖晴の窓開け放ち大くさめ

外つ国の危機を彼方に枯岬

枯野バス真昼点してがらんどう

枯深く帰る家あり帰るべし

僧よろけをり短日の浜通り

師走雲みだれて疾し訃報次ぐ

雨戸打つ掛け大根の風具合

万歩計腰に煤逃げめく万歩

平成二十六年

春はそこ老いゐることに疎くとも

沖遥かなればさびしき野水仙

着流しの父の遺影や香る梅

紅梅や母の遺影の笑み薄く

春二番幼姉妹の手のほてり

断りもなかりて雛の夜の訃報

春月の明るさまとひ喪の帰り

「あなたとは遠縁に当たりますね」と微笑まれた
山口誓子先生との能登巡りから凡五十五年

能登の海茫洋と晴れ誓子の忌

三鬼の忌尤もらしき誉め言葉

万愚節めかせちくりと例のこと

桜鯛つかみ捕りたる老いつぷり

躙り口出て現し世の花の下

日は西へ花影にふと逝かれれば
海光をまぶして落花ひと頻り

海しぶく燕返しの片屋並

濡れ燕軒擦り抜けて陽の粒に

句集評などに微苦笑してうらら

こどもの日近し散髪しておくか

捨て切れず嵩むがらくた走り梅雨
夏めくもペン持たぬ日は虚ろなる

植田風犬引く少女にも越され

診療所混んで半夏の雨上がる

漁火に遅れてまばら芒種の灯

梅雨深し日常茶飯めく訃報

選挙カー過ぎし青田のそよぎかな

海と空のつぺらぼうに朝凪げり

海の風夏帽奪ひしが追はず

袋掛けチャイコフスキーなど流し

沖見るも沖は応へじ沖縄忌

筒鳥や海より昏れて点る町

贈られし夏シャツどうも派手過ぎて
朝焼の潮目定かに今日在りぬ

沙羅は白極め中山純子逝く

肩越しを風に後れて黒揚羽

肩薄く単衣着て老い憚らず

緑蔭にパントマイムの老い二人

朝刊の小見出し拾ふ涼しさに

通夜の灯も夜涼の一つ漁夫の町

深寝して認知症めく炎暑かな

日照雨過ぎ遠くて近き祭笛

祭笛吹くに肩書など要らぬ

薔薇垣に海の風乗る夕明り

暮れゐるも海まだ青し薔薇の門

茸飯喰つて八十路の齢足す

碁将棋にはいまは疎遠の秋袷

飄然と出て歩を返す初月夜

流れ星振り向きざまに見て通夜へ

北を指す貨船九月の雲幾重

水澄みて初めはかろき旅かばん

白山を遠見に千代尼像さやか

千代尼忌の千代尼通りの小賑はひ

穴惑ひバトンガールの目にも触れ

児の歯形つきし柚餅子を貰ひしが

鬼灯を鳴らしきれない方が姉

寝返りを打つて秋蚊のめくら打ち

沖深く晴れコスモスに絡む風

秋あかね老いて身に添ふわらべ歌

心筋梗塞の危機に面し金沢医科大学病院へ　十句

救急車夜寒の能登を縦断す

残菊やいのち委ぬる医師若し

朦朧として冬薔薇の香のほとり

文化の日覚めて集中治療室
長き夜や看取りの妻の忍び足

謎めきし主治医の一語しぐれ虹

鰤起し号砲に似ていのち延ぶ

歩行器に凭れて四五歩冬木の芽

冬麗ナースに足裏《あうら》まで拭かれ

現し世の新たな余白返り花

漫然と辿る枯野の分岐点

道一つならば迷はず夕枯野

波がしら砕けて果つる枯野道

沖かけて吼ゆる白波開戦日

幼らに開けつぱなしの冬座敷

今日もまた斯くある年の歩みかな

平成二十七年

初がらす軍艦島を離れざる

屠蘇に酔ひ彼に先立つかも知れず

七日粥父の享年七つ越え

風邪声を封じてハモリ望郷歌

在りし日の中山純子さんと

風邪声を気遣ひながら長電話

校庭へ熊出る噂して足湯

冬日向猫の威嚇に犬怯ゆ

節分の鬼打つ幼らの真顔

忘れ雪日に一便のバス待てば
雪しろの激す彼方の海真青

間垣口出る恋猫の眼の敵意

草萌や歩度速めるも無目的

多喜二忌の漁火北を赫かす

啓蟄や船は一艘だに見えず

朝がけの僧へ嗅ぎ寄る猫の妻

如月やポストまでなら無帽でも

嫋やかに噂の女かぎろひぬ

雁帰る会ひしばかりの人逝くに

べべを着て菱餅よりもモンブラン

躙り口出れば真向ひより初音

菜種梅雨嫗の愚痴は唱名に

魚臭濃き路地を離れず初つばめ

花筵二枚もて足り同志の輪

利休忌の裏戸終日開けしまま

囀りや人それぞれと言ふ詭弁

ネクタイも名刺も不要花行脚

摘み立ての芹添へ届く回覧板

桃咲いて灯台光の滅ぶころ

杜氏帰るころの陽の艶つくつくし

飛花落花老いは枯淡か狂乱か

サラサーテ春月重く尾根離る

母子草尼僧は童女めき老いぬ

行く春の沖見る手持無沙汰かな

九条は異国語ならず昭和の日

選挙カー映して代田波立てり

田植歌途切れて能登は小昼どき

晩年のあと先不詳古茶新茶

峰雲やテープカットの名士たち

沖を背に朝凪ゑぐる担ひ桶

慰霊の日沖茫茫と果てしなし

暮るる海緋牡丹明日の緋を封じ

虎魚にはまだ箸つかぬ祝ひ膳

オカリナも混じりて短夜のライブ

彩《いろ》移りして紫陽花は伊予絞り

紫陽花の嬌笑苦笑日は西へ

慶弔を問はず寄る子らさくらんぼ

空蟬や古賀メロディは亡ばざる

夕焼の我が影いづくまで追ふか

郷訛抜けたる帰省子の自説

改憲か護憲か闌くる蟬しぐれ

問診に戸惑ひ答へゐる溽暑

夜の秋潮騒はふと悲歌めきぬ

夏行くか輩《ともがら》はまた先立てり
なほ碧く夏の終りの波うねる

ハ短調めくいかづちや原爆忌

片頬に目薬這はせ今朝の秋

大海へ開け切る小窓敗戦忌

盆の灯や面差し異に三姉妹

盆僧の手を振り停める荒磯バス

休暇明け宿題無視の児の威勢

空言に頷きゐるも秋思なる

うろこ雲全速力の水脈幾つ

投げ呉れし秋鯖摑み損ねたり

老農の腰に利鎌や雁渡し

無造作に受けし釣銭雲は秋

遠山の襞際やかに水の秋

島影に紛ふ船影秋しぐれ

風昏れて潮の香こもる木槿垣

追伸に似て束の間のつくつくし

ふと触れし妻の手の冷え朝まだき

大寄せの本床萩の束ね挿し

底ひ無き海の碧さや穴惑ひ

曼珠沙華一本低く逸れて白

菊人形みな整然と男ぶり

永らへるほどに父母恋ふ吾亦紅

曼珠沙華いづれもあちら側が裏

白山に雁来る頃や綾子亡し

能登の空こよなく青し欣一忌

秋惜しむ昭和の歌を口の端に
白鳥の羽撃ちやリハーサルめきて

能登低く晴れて白鳥高舞へり

対岸に灯が増え鴨の陣移る

彼も逝き風哭くばかり枯岬

通夜深む白山茶花へ灯を洩らし

マフラーを憚り拝む霊柩車

本文を凌ぐ追ひ書き漱石忌

束の間の日差に羽撃つ冬がもめ

冬草のかがやきて果つ海の紺

義妹・稲垣英子を悼み　二句

逝く君の切なき母似藪柑子

逆縁となりたり数へ日を数へ

椅子一つ持ち去られゐし冬日向

耳馴れし声に振り向く年の果

潮鳴りを掻き消し除夜の救急車

平成二十八年

筒状の遠海鳴りや初むかし

風和ぎて港遍く淑気かな

八十吉の盃もて薬味めく年酒

沖縄は今日も夏日と初電話

罠掛けの猪肉分かつ夕荒磯

生け捕りの猪鍋煮立つ漁夫溜り

吹雪く夜や次の救急車も右折

殷殷と除雪車迫る夜の極み

一夜さのどか雪搦手の如し

急がねばならぬ読み書き戻り寒

浜茶屋の小鉢に溢れ山椿

梅林を抜ければ白く猛る海

爺さんの手を引く幼女団子花

婆さんの空念仏や風光る

南下する貨船遥かに山笑ふ

万愚節誉められ上手にはなれず

男坂やさしき東風に背を押され

人絶えし配所や初音間近にし

潮騒をしとねに朝寝むさぼりぬ

青き踏む杖忘れ来しこと忘れ

大伴家持の歌枕

一筆画めき長浜の朝がすみ

陽炎や軍艦島は揺れ通し

音のみが海の確かさ霾ぐもり

堰越えて若鮎海を遥かにす

山吹に重くもつるる海の風
スニーカーも下駄も花見の一つ輪に

前孝治君逝く

去る君に残る童顔雁帰る

菜の花や昼酒帯びし僧の歩度

誰彼の尾行に非ず花めぐり

花見莫蓙隣りの話題にも絡み

どちらかと言へば父似か花あざみ

濃山吹海のにほひの風からめ

春愁を脱ぎ切れず歩度速めても

「栴檀」十五周年を祝し

栴檀の花の下なる矜恃かな

酔ひ醒めの如く夏立つ遠白帆

夏はじまる漁家の裏戸は表戸に

カナ多きメニューに惑ひ端午の日

人棲まぬ里曲となりぬ柿若葉

声高に不穏な話五月闇

薬籠を二三補ひ梅雨に入る

朝焼に抱かれて滅ぶ灯台光

「万象」十五周年を祝し

動じざる二等灯台雲の峰

岩礁みな伏兵めきて夕凪げり

磯笛はどれもエレジー晩夏光

船溜り深閑と夏深まれり

真沖より真つ直ぐの風夏座敷

行きずりのをんな日傘を覆面に
千枚田田水あと先なく沸きて

金沢にて

夏つばめ城下の迷路ほしいまま

片蔭を行く平和への署名して

たまさかの一会ハイビスカスは黄に

中山純子さん三回忌

加賀素秋どの路地行くも純子居ず

磯濁りしての沖晴れ震災忌

小鳥来るもうすぐと言ふ待ち時間

ジーンズの嫗稲架組む能登暮色

稲架低く組んで晴ればれ八十路翁

今日の月掲げて北の海平ら

手を腰に佇みをれば桐一葉

白山に雁渡るころまた会はめ

書き出しへ戻る草稿虫繁し

避ける術なき敬老の日の居場所

二塁打につづく快音秋高し

それぞれの漁火あかり十三夜

同輩はおほかた逝けり雁渡し

松手入れ避難訓練余所ごとに

息白く飛ぶ朝市の海女言葉

「芭蕉忌の一茶嫌ひと蕪村好き　一路」に触れての金子兜太先生の
返信「(一茶嫌ひ)は辛い。が、それも一端。」に敬意

一茶忌の兜太先生や如何に

三文判息かけて捺す雪催

雨霏霏と霙にかはる灯の潤み

陶片の如く耳朶凍つ沖晴れて

子のメール大晦日には帰らぬと

平成二十九年

全集の二三戻らぬまま今年

海苔雑煮一椀で足り命長

初風呂や生命線を翳し見て

お年玉泣く子も笑ふ子も一緒

懇ろに賀詞交しをり通夜の客

七ツ島七つ定かや七日粥

水脈太く初漁船の行方かな

振り向かれゐて重ね着の胸反らす

幸せは中の下あたりか浅蜊汁

伝・平時忠の裔なる是非を負い

花の兄《え》や義兄密かに身罷りぬ

二人居てバレンタインの日の手酌

散髪のころかも知れぬ山笑ふ

夕おぼろ遠海鳴りは呼ぶ如し
麗らけし男点前の減り張りも

千枚田春潮に裾乾くなし

春月を田ごとに宿し千枚田

草萌や幼姉妹を呼び違ひ

事一つ決めかねてをりさくら餅

永き日の裏戸は閉ざされしままに

編集参与の野上智恵子さん逝く

夫恋ふる如く君逝く鳥雲に

ハングルを躱し傾く若布刈舟

花の山見下ろし百万石の城

春眠の夢のつづきの回り路
海吼ゆる椿めぐりのをとこ坂

落椿咲きざまよりも賑はふは

駅一つ過ぎたる花の旅心地

海と空見さかひなしに昭和の日

能登牛の艶漆黒に柿若葉

こどもの日高い高いはもうご免

菖蒲太刀ベッドに明日を疑はず

海昏れて白暮れ泥む山法師

プロローグめき短夜の沖明り

遠雷や切手多目に投函す

それぞれの彩《いろ》もて果てり七変化

行く夏の海の色また空の色

終点の手前で下車すつくつくし

腰高につづく銀輪青田風

ひと夏の終り喪服は掛けしまま

祭獅子大泣きの子へ立ち上がる

灯台のさみしき偉容うろこ曇

施しに似て老人の日の讃辞

飛び出たる幼を追へず雲の秋

常の夜のごとし厄日の海の音

ふるさとを離れず敬老日の日向

灯火親し五木新書をほど好さに

妻傘寿われ米寿とや栗おこは

現し世の余白どこまで藤は実に

十月の没り日見てゐる空ろかな

肩寒く震度二強に目覚めゐし

雲低く疾し岬に残る稲架

祝辞また例文めきて文化祭

秋うらら埠頭果つれば折返す

辰治義兄を送る

疑心なき貌もて逝けり時雨虹

十二月八日の漫ろ歩きかな

浜町のここも廃屋花八ツ手

行く年の第九にこもる海の音

句集　歩度　畢

あとがき

本書『歩度』は、『自在』につぐ私の第六句集である。第三句集以来五年間隔の上梓となり、今回は平成二十五年から二十九年までの作品中三百六十二句を選んで収めた。

前句集で、「計らいに捉われない自在な俳境」をと述べている。その思いに変わりはないが、本句集を編みながら、「歩度」を始めとする「歩み」や「足」に関することに触れた作品が、人称を問わず多い点に改めて気づいた。加齢が伴う自省からの無意識なこだわりだろう。〈自在〉から〈歩度〉へ、本意の向くところで句集名とした。

刊行に当たっては角川『俳句』編集部の皆さんに種々お世話になった。記して謝意を表したい。

平成三十年一月二日

千田一路

著者略歴

千田一路

せんだ•いちろ
昭和4年10月17日、石川県珠洲市に生まれる
昭和29年「風」に入会、沢木欣一に師事
「風」同人、「白山」顧問を経て、現在「風港」主宰

第5回北国文芸賞・第31回角川俳句賞受賞
昭和60年度珠洲市・平成10年度石川県文化功労賞受賞
平成22年度地域文化功労者文部科学大臣表彰受賞
著書に句集『能登荒磯』『波状』『風位』『視界』『自在』『千田一路句集』、自註句集『千田一路集』。評論集『風潮と行方』。エッセイ集『潮鳴りの中に』『荒磯断想』、西のぼる氏との共著『能登の細道』『加賀の細道』。他

公益社団法人俳人協会評議員・同石川県支部顧問
珠洲市並びに石川県俳文学協会顧問
日本ペンクラブ会員、日本文藝家協会会員

住所　〒927-1321　石川県珠洲市大谷町1-69-1

句集　歩度《ほど》

初版発行　2018（平成30）年3月25日

著　者　千田一路
発行者　宍戸健司
発　行　一般財団法人 角川文化振興財団
〒102-0071　東京都千代田区富士見1-12-15
電話 03-5215-7819
http://www.kadokawa-zaidan.or.jp/
発　売　株式会社 KADOKAWA
〒102-8177　東京都千代田区富士見2-13-3
電話 0570-002-301（カスタマーサポート・ナビダイヤル）
受付時間　11:00 〜 17:00（土日　祝日　年末年始を除く）
https://www.kadokawa.co.jp/
印刷製本　中央精版印刷株式会社
 ISBN978-4-04-884177-1 C0092

角川俳句叢書　日本の俳人100

青柳志解樹
朝妻　力
有馬朗人
安西　篤
伊丹三樹彦
伊藤敬子
伊東　肇
井上弘美
猪俣千代子
茨木和生
今井千鶴子
今瀬剛一
岩岡中正
尾池和夫
大石悦子
大牧　広
大峯あきら

大山雅由
小笠原和男
奥名春江
落合水尾
小原啄葉
恩田侑布子
甲斐遊糸
柿本多映
加古宗也
柏原眠雨
加藤憲曠
加藤耕子
加藤瑠璃子
金箱戈止夫
金久美智子
神尾久美子
九鬼あきゑ

黒田杏子
阪本謙二
佐藤麻績
塩野谷　仁
小路紫峡
鈴木しげを
千田一路
高橋将夫
田島和生
辻　恵美子
坪内稔典
出口善子
手塚美佐
寺井谷子
中嶋秀子
名村早智子
鳴戸奈菜

名和未知男
西村和子
能村研三
橋本榮治
橋本美代子
藤木倶子
藤本安騎生
藤本美和子
文挾夫佐恵
古田紀一
星野恒彦
星野麥丘人
松尾隆信
松村昌弘
黛　執
岬　雪夫
宮田正和

武藤紀子
本宮哲郎
森田　峠
山尾玉藻
山崎　聰
山崎ひさを
柚木紀子
依田明倫
若井新一
渡辺純枝
ほか

（五十音順・太字は既刊）